ZEKİ FINDIKOĞLU

Turkish Folk Tales

Cennet Kuşu / Kardeşler

BIRD OF HEAVEN

SIBLINGS

MASALCI

Oturmuş kapı eşiğine
Gün batıyor
Işık çekilmiş ortadan
Karanlık hızla doluyor
Gece gündüz bir şimdi
Anne sesleniyor
Şimdi tehlikeli zaman
Gün batımında
Tavuklar kör gibi olur
Kümeslerini bulamazlar
Kapı kapandı
Perdeler indi
Mumun alevi titreşiyor
Karanlığı elinle tutabilirsin
Bitmeyen gece başladı
Kurtlar uluyor
Köpekler havlıyor
Sıkıysa çık dışarı
İtin iti yediği gece
Anne anlatır
Bir zamanlar
Bir oğlan varmış
Kahramanlar arasında
Atın eğerinde
Kuşun kanadında
Balığın karnında
Durmadan dolaşırmış
Geçmiş, şimdi, gelecek
Hepsi bir arada
Annenin sesi yükselir
Odayı ışıkla doldurur
Ruhlar havada uçar
Tavana kadar yükselir
Damdan çıkar
Karışır gök yüzüne
Zaman geldi geçti
Oturmuş kapı eşiğine
Gün doğuyor
Anne artık yok
Kim söyler bu masalları
Rüzgarların fısıltısında
Tabiki sen
Tabiki sen

STORY TELLER

Sitting on the doorstep
Sun is setting
Light is pulled out
Darkness is poured in
Day and night are one now
Mother calls
This is the dangerous time
When it is twilight
Chickens go blind
Can't find their roost
Door is closed
Curtains are down
Candle flame is shivering
You can hold onto the dark
Endless night has started
Howling of jackals
Barking of dogs
Dare to go out
Dog eat dog night
Mother tells
Once upon a time
There was a boy
Among the heroes
On the saddle of a horse
On the wings of a bird
In the belly of a fish
He charged on forever
Past, present, future
All are in one
Her voice rises
Light fills the room
Spirit runs into the air
Up to the ceiling
Out to the roof
Into the sky
Time has gone by
Sitting on the doorstep
Sun is rising
Mother has passed on
Whisper of the winds
Who will tell the stories
You are the one
You are the one

CENNET KUŞU
BIRD OF HEAVEN

Cennet Kuşu

Bir zamanlar
Bir padişah varmış
Karısı ve üç oğlu kendi topraklarında
Mesut yaşarlarmış
Padişah yaşlanınca zaman gelmiş
Yerine kimin geçeceğini
Düşünmeye başlamış
Herkes geleneğe göre
En büyük oğlunun
Padişah olması gerektiğini düşünürmüş
Ama Padişahın gönlünde küçük oğlu varmış
Bunu bilen öteki kardeşler üzgünmüşler
Kimin padişah olacağını sormuşlar
Babaları onlara hepinizi seviyorum
Ama gelecek için endişeliyim
Padişah kuvvetli cesur hem de
Geleceği görmeli ve hazır olmalı
Oğulları Padişahı sever ve sayarlarmış
Kendilerine bir görev vermesini istemişler
Padişahlara yakışır bir yarışma
Kim kazanırsa padişah o olsun
Padişah ben bir kuş olduğunu duydum
Yeşil tüylü uzun kanatlı
Nerde olduğunu kimse bilmez
Kimse görmezmiş kimsede yakalayamazmış
İsmi Zümrüt'ü Anka imiş
Kim bu kuşu bulup getirirse
Padişah o olsun

Bird of Heaven

Once upon a time
There were a king
His wife and three sons
Who lived happily in his kingdom
As the King got older the time had come
For him to choose his successor
Everyone thought that by birthright
His oldest son would be the king
But deep in his heart his favorite
Was his youngest son
This made the two older sons upset
They asked their father
To choose his successor
I love you all he said to them
But I worry for the future
A king has to be the strongest one
With vision and courage
His sons respected their father
They asked him to set a challenge
Worthy of a king of the land
Whoever could conquer the challenge
Would be the king
King said he had heard that
there was a bird
Green in color with long feathers
Who lived in a place no one knew
No one had seen it, no one could capture it.
The bird's name was Zumrut Anka
Whoever could bring the bird home
Would be king.

Hepsi bu yarışı kabul ettiler
Beraberce aradılar cennet kuşunu
Dere tepe dağ bayır
Nehir deniz her yerde
Sanki bitmez bir yolculukta idiler
Kuşun izini bile bulamadılar
İki büyük kardeş yorgun düştüler
Ve evlerine dönmek istediler
Ama biliyorlardi ki, dönüşte
İkiside Padisah olamayacaklardı
Geriye küçük kardeşleri ile dönünce
Padişah olacaktı küçük kardeş

All agreed to the challenge
Together the brothers searched for
The bird of heaven
Over the hills, over the mountains
Over the river, over the sea
Their travels seemed to go on forever
There was no sign of the bird
The two older brothers became tired
And wanted to return home
They knew the chance was small
That either of them would be king
If they returned home with the youngest
He might become king

Zeki Findikoglu 05

İki kardeş bir plan yaptılar
Küçük kardeşi yok etmek için
Bir kuyunun kenarına çadır kurdular
Kuyu derin karanlık ve susuzdu
Küçük kardeşe dibe inip
Su aramasını istediler
Oda kuyuya inmeyi kabul etti
İpi tutup aşaği doğru indi
Tam dibe gelirken
Ötekiler ipi kesip bıraktılar ucunu
O sanki sonsuzluğa doğru düştü
Yerin yedi kat dibine kadar
Büyük kardeşler eve döndüler
Kuşu bulamadıklarını ve de
Küçük kardeşlerinin
Kaybolduğunu soylediler
Padişah ızdırapla kavruldu
Ülke sessizliğe büründü

The two brothers plotted to
Get rid of the youngest
They set up a camp
Next to a well
It was deep and dark with no water
They asked the youngest to go in
To look for water
He was eager to go into the well
Holding a rope he slid down
When he was far in
They cut the rope and let him fall
He seemed to fall forever
Into the earth's seven layers
The older brothers returned back home
They told their father
There was no bird
And that the youngest brother was lost
The King was stricken with grief
The Kingdom had fallen silent

Bu arada
Yedi kat yerin dibinde
Küçük oğlan dolaştı durdu bir zaman
Sonunda eski bir eve ulaştı
Önünde yaşlı bir kadın oturuyordu
Gün bitiyor güneş batıyordu
Çocuk ben kayboldum sizin ülkenizde
Biraz sizde kalsam olur mu
Yaşlı kadın memnuniyetle
Gel içeri kimsem yok benim dedi
Ona bir yatak ve biraz yiyecek verdi
Ama içecek su yoktu
Çocuk sordu neden suyunuz yok
Kadın ona işte böyle gidiyor
Uzun zamandır
Bir tek su ceşmemiz var
Ama onu bir ejderha koruyor
Her sene bir genç kızı istiyor
Bize su verme karşılığında
Yarın o gün su için
Genç bir kız kurban olacak
Yıllarca başkalarıda takip edecek onu
Sabah vakti cesur oğlan
At üstünde mızrak elinde dört nala
Dev ejdarhaya hücum etti
Onu büyük bir kızgınlıkla vurdu
Ejdarha kan havuzu içinde yatarken
Genç kız ona teşekkur etti
Su güldür güldür akmaya başladı
Köylüler kutlamaya geldiler
Genç oğlan selam verip düştü yollara
Halk ona yolun açık olsun dedi

In the meantime
Seven layers under the ground
Young man wandered for some time
Came upon an old house
Where an old lady sat in front
Day was ending, the sun was setting
He said I am lost in your land
May I stay for a short time
Old woman was very nice
Come in she said, I have no one
She gave him a bed and some food
But no water to drink
He asked her why there was no water
She said it has been like this
For a long time
They had only one water source
Taken over by a giant serpent
Every year the serpent required
One young woman
In exchange for the water to run
Tomorrow was the day
A young girl would be sacrificed
Many would follow in the years to come
In the morning, the brave young man
With spear in hand and horse at full speed
Charged toward the giant serpent
Struck it with great anger
The serpent lay in a pool of blood
Young girl gratefully said thank you
Water was now running pure and swift
Villagers came to celebrate
The young man wandered back into the wild
The people wished him good luck

Zeki Findikoglu 05

Akşama doğru
Genç oğlan bir ormana rastladı
Ağaçların içinden çığlıklar geliyordu
Ormana girip araştırmaya başladı
Kocaman bir kartalı gördü
Kartalın gölgesi altında bir kuş yuvası
Üç yavru kuş saldırıya uğramışlar
Zümrüt yeşili anne kuş
Canını eline almış yavrularını koruyordu
Genç oğlan ok ve yayla
Kartalı göğsünden vurdu
Ormana bir sessizlik çöktü
Anne kuş oğlana geldi ve dedi ki
Bizi kurtardıpın için minnettarız
Biliyorum sen beni arıyorsun
Benim ismim Zümrüt'ü Anka
Dile benden ne dilersen
Söyle bana ne istersin
Genç oğlan ben kayboldum dedi
Başka bir dünyadan geldim
Çok uzakta başka bir yerde
Ben evime dönmek istiyorum
Orda doğdum oraya bağlıyım
Anne kuş onu götürmeye söz verdi
Ama bu yedi gün yedi gece sürecekti
Suya ve yiyeceğe ihtiyaçları olacaktı
Kuşun durmadan uçabilmesi için

Later in the day
Young man came upon a forest
From the trees he heard screams
He went in to investigate
He saw a large eagle
Casting a shadow over a nest and
Three young birds being attacked
Emerald green in color was the mother bird
Defending her young with her life
The young man with his bow and arrow
Shot the eagle in its chest
Silence fell in the forest
Mother bird came to him and said
Thank you for rescuing us
I know you are looking for me
I am the one bird of heaven
My name is Zumrut Anka
I will grant all your wishes
Please tell me what you want
Young man replied I am lost
I come from another world
That is far away, far beyond this world
I want to go back to my home
Where I was born, where I belong
The mother bird agreed to take him home
But it would take seven days and seven nights
They needed food and water
For the bird to fly without stopping

Zeki Fındıkoğlu 05

Yetecek kadar et ve su aldılar yanlarına
Ve başladılar uçuşa
Yedi kat yerin dibinden gök yüzüne
Kuşa gak deyince et
Guk deyince su verdi oğlan
Yedi gün yedi gece geçtikten sonra
Tepedeki delikten ışık sızmaya başladı
Tam üst kata eriştikleri zaman
Kuş bir daha gak diye seslendi
Oğlan torbaya elini soktu
Fakat et kalmamıştı
Tekrar kuyuya düşme korkusundan
Ayağından bir parça et kesip
Kuşa son parçayı verdi
Yolculuk sona ermişti ve yere indiler
Genç oğlan topallıyordu
Cennet kuşu et parçasını geri verdi
Dilinin altında tutmuş yememişti
Çocuğun ayağı hemen iyileşti
Kısa bir vedalaşmadan sonra
Anne kuş delikten içeri dalıp gitti
Genç oğlan başladı yürümeye
Gece gündüz seyahat etti
Dağ tepe demeden gitti
Gin batarken gördü evini uzaktan
Halk onu görünce tanıdı
Padişahın genç oğlu dönmüştü
Dönüş haberi rüzgar gibi yayıldı
Ağabeyleri korku içinde titriyorlardı
Genç oğlan babasına herşeyi söyledi
Padişah çok kızgındı
Ama o hiç kızgın değildi
İntikam almak da istemiyordu
Babası Padişah'dan isteği
Toprakları eşit olarak üçe bölmesi oldu
Barış içinde yaşamaları için
Padişah denileni yaptı
Tüm ülke huzur içinde zamana karıştı

They packed up bags of meat and water
And began their flight through
The earth's seven layers
He fed the bird meat when she said *gog*
Gave her water when she said *gug*
Seven days and seven nights passed
Light glittered from the top of the hole
About to reach the top
Bird called *gog* one more time
He reached into the sack but it was empty
Afraid of falling backwards
He cut off a part of his foot
Gave it to bird as the last piece
The journey was complete
They had landed on the face of the earth
Young man was walking with a limp
Bird of Heaven gave him back the last piece
She had kept it safe under her tongue
His wound was healed immediately
After saying a brief good-bye
Bird flew back into the hole
Young man started walking away
He traveled day and night
Over the mountains, over the hills
When he arrived
The sun was setting over his home
People saw him and recognized him
He was the youngest son of the king
News of his return traveled like the wind
His older brothers shivered with fear
The youngest son told what they had done
The king was angry
But the youngest son had no anger
And did not want any revenge
He asked his father, the king
To divide the land between them
Into three equal shares
The king did and they lived happily ever after
In the land with their people

KARDEŞLER
SIBLINGS

Kardeşler

Bir zamnalar
Bir aile varmış
Baba, anne kız ve oğlan çocukları
Senelerdir messut bir halde yaşarlarmış
Baba odun keser satarmış
Bir gün adam hastalanmış
Gün gelmiş bu dünyadan geçip gitmiş
Anne ve çocuklar
Bir zaman yanlız yaşamışlar
Kadının ailesi
Kadını yeni bir adamla evlendirmiş
Adam böylece üvey baba olmuş
Hayat zor ve aile fakirmiş
Günler gelip geçmiş
Ama durumları daha kötüye gitmiş
Üvey baba kızmaya başlamış
Adam ne kendine nede ailesine
Artık bakamaz olmuş
Birgün karısına demiş ki
Ben kendime bakamıyorum
Sen ve iki çocuğundanda bıktım artık
Zengin birine çocukları satalım
Onlar köle olsunlar bizde rahat yaşarız
Korku ve üzüntü ile yanan anne
Izdırap ve acı içinde ağlayarak
Müsadenle çocukları hazırlayayım
Yarın pazara gidince
Temiz ve güzel olarak götürüsün demiş

Siblings

Once upon a time
There was a family
Father, mother, daughter and son
Who lived happily over the years
The father was a wood chopper
One day he became ill
Time came that he passed on
The mother and the children
Lived alone for a while
The family of the mother
Found a new man to be her husband
He become the stepfather to the children
Life was hard and they were poor
As the days passed
Things did not get better
The stepfather became unhappy
He was unable to take care of
Himself and the family
One day he said to his wife
I've had enough feeding myself,
You and the other two mouths
I have an idea, let's sell the children
To the rich man as slaves
Stricken by grief and fear
The mother felt hopeless and cried
She said let me prepare them
For tomorrow's day at the bazaar
You can take them nice and clean

O akşam anne çocuklarına
Tarak, sabun ve bir testi su verdi
Çocuklara gün doğunca kaçıp gidin
Koşa bildiğiniz kadar koşun dedi
Sabah olunca horoz öterken
Çocuklar kapıdan kaçıp
Koşmaya başladılar
Vadilerden geçip
Derelerden atlayıp
Dağları tepeleri aşıp kaçtılar
Övey baba uyanıp
Pazara gitmeye hazırlandı
Birde bakıp gördüki
Pazarda satılacak çocuklar yok
Deliye dönen adam
Elinde kocaman bir bıçak
Çocukları takibe başladı
Az sonra onları uzaktan keşfetti
Büyük bir hızla koşmaya başladı
Onlara yaklaştıkça yaklaştı
Küçük kardeş adamı görünce
Ablasına haykırdı
Üvey babamız geliyor
Şimdi ne yapacağız
Abla kardeşine dediki
Tarağı atacağım
Tarağı adama doğru fırlattı
Bütün otlar ve bitkiler
İğne ve dikene dönüştü
Ama çılgın üvey baba
Hoplaya zıplaya
Yürüyerek koşarak
İğne ve dikenlerin arsından geçti

Later that evening, the mother gave the children
A comb, soap and a pitcher of water
She told them at daybreak to run, run
Run as far as you can
The morning came
A rooster called out the sunrise
Children snuck out the door
They began running
Through the valleys
Through the rivers
Through the mountains
The stepfather awoke
Ready to go to the bazaar
He checked and found
There were no children to sell at the bazaar
He was enraged with anger
With a big knife in his hand
He began tracing their steps
He spotted them in the distance
Chased them as fast as he could
Getting closer and closer
The little boy saw the man
And said to the older sister
He is coming
What are we to do
She said to the young brother
I will throw the comb
She threw the comb toward the man
Every blade of grass, every plant
Turned to needles and thistles
But the evil stepfather
Jumped around walked around
The needles and thistles

Zeki Findikoglu 05

O inatçı bir adamdı
Yaklaştıkça yaklaşıyordu
Küçük kardeş ablasına seslendi
Gittikçe yaklaşıyor bize
Abla sabunu atacağım dedi
Ve sabunu attı
Koca vadi köpükle doldu taştı
Ama adam düşe kalka
Kaygan sabunlar içinden
Yüzerek, bata çıka
Kardeşlere yaklaştıkça yaklaştı
Nihayet abla dediki
Bu son çaremiz
Yapacak bir şeyimiz kalmadı
Elimizde son tek bir şey var
Bir desti su
Suyu destiden dökmeye başladı
Su yere değince bir firtana koptu
Gökten yağmur su gibi boşaldı
Dereler taştı yatağından
Tüm vadiyi sel aldı
Adamda sulara karışıp gitti
Nihayet firtına durdu
Hava açıldı, güneş parlamaya başladı
Küçük kardeş seslendi
Abla ben çok susadım
İçeçek suyumuz varmı?
Abla üzülerek dediki
Tüm suyu vadiye döktüm
O zaman Küçük dardeş
Çukurlarda sular var
Ben onlardan içeceğim dedi
Ablası endişe ile cevap verdi
Hayır çukurlardaki sulardan içme
Onlar ayı izleri
Eğer ordan içersen ayı olursun
Küçük kardeş korku içinde ve dikkatli
Bir zan daha yürüdüler
O artık kendisini tutamadı
Çok susadım abla
Bu çukurdan içeceğim dedi

He was a determined man
He kept getting closer and closer
The boy said to his sister
He is coming closer and closer
She said, I will throw the soap
She threw the soap
It turned the whole valley into a
Bubbly and slippery slope
But the man swam and slid
Through the slippery slopes
Moving closer and closer to the siblings
Finally the girl said
This is the last thing we have
A pitcher of water
She poured out the water from the pitcher
When the water touched the ground
An incredible storm took place
Rain poured from the sky
Water raised the rivers
Washing away the whole valley
Including the evil stepfather
The storm subsided
Sun was shining again
Little boy said
Sister I am so thirsty
Is there some water to drink
She said to him worried
I threw it all into the valley
Brother said to her
There is water in the puddles
I will drink from them
She said to him
No, don't drink from that puddle
It is the footstep of a bear
If you drink from it
You will turn into a bear
The little boy fearful and cautious
Walked a little bit longer
He could hold on no longer
I am so thirsty, sister
I am going to drink from this puddle

Zeki Findikoglu 05

Abla kardeşine dediki
Hayır o bir kurt ayak izi
İçersen kurt olursun
Saatler geçip gitti
Küçük kardeş çok susamıştı
Yere eğilip bir çukurdan içti
O bir geyik ayağının iziydi
Derhal bir geyik yavrusuna dönüştü
Şaşkın, üzgün ve korku içinde
Abla, geyik ile birlikte yürüdü
Bitmez tükenmez vadiyi geçip
Bir ormanın ucuna geldiler
Orada bir adam geyik avına çıkmıştı
O kızı ve küçük geyiği gördü
Avcıyı ok atmadan durduran abla
Geyiğin kendisinin olduğunu söyledi
Kızın güzelliği adamın gönlünü aldı
Ona "Sen kimsin?"diye sordu avcı
Abla, ben kayboldum dedi
Geyiğimle bereber kalacak yer arıyoruz
Adam ona, ben bir Padişahım dedi
Eğer istersen gel bende kal
Olur gelirim dedi abla
Padişah, abla ve geyik
Vadiden yürüyerek geçip
Bir kaleye eriştikleri zaman
Padisah sordu, benimle evlenirmisin?
Abla evet diye cevap verdi
Ama geyiğimden ayrılamam
Padişah olur dedi ve evlendiler
Onlar yatak odasında uyurken
Küçük geyik yatak ucuna uzanır
Bunlar ablamın ayakları
Bunlar eniştemin ayakları der
Sakin ve sessiz uykuya dalardı
Bir gün abla yakın bir nehire gitti
Elbiselerini yıkayıp vede gezmek için
Yanına kardeşi geyiğide almıştı
Çıkarmıştı giyisilerini yıkamak için
Küçük geyik yerde yatarken
Biri onları dere kenarından gözlüyordu

His sister said to him
No, that is the foot print of a wolf
You will turn into a wolf
Hours passed by
The little boy, so very thirsty
Leaned down and drank
From the puddle of a deer's foot print
Immediately he turned into a little deer
With confusion, sorrow and fear
Girl took the deer and continued walking
Through the endless valley
When they came to the edge of a forest
A man was out hunting for deer
He saw the girl and the little deer
She stopped him from shooting
Told him that it was her pet deer
The sister's beauty captured the man's heart
He asked, Who are you my dear
She said, I am lost
And looking for a place to live with my deer
The man said, I am a King
If you like, come stay with me
She said I will
The King, the girl and the deer
Walked through the valleys
When they reached his castle
He asked if she would marry him
She said I will
As long as I can keep my pet deer
He said yes and they became married
When they slept in their bedroom
The little deer slept at the foot of the bed
The deer would say, these are my sister's feet
These are my brother-in-law's feet
Safe and sound the deer slept
One day the girl decided to go to the river
To wash her clothes and have a picnic
With her brother, the deer
She took off her clothes to wash
The deer was lying down

O bir cadı kadındı
Yavaşça yanlarına yaklaştı
Sordu, sen kimsin benim küçük kızım?
Ben Padişahın karısıyım ve gebeyim
Buda benim evcil geyiğim
Koca karı dediki
Giyisilerini kurutmana yardım edeyim
Kıza doğru yaklaşıp onu
Birden nehrin içine itti
Abla nehrin coşkun dalgalarına kapıldı
Sular onu denize aldı götürdü
Denizin dibinde dev gibi bir balık
Hemen onu yutup gitti
Koca karı kızın elbiselerini giyip
Sarayın yolunu tuttu
Her şeyi gören küçük geyik
Koca karıyı takip etti
O akşam yatak odasında
Küçük geyik yatak ucuna gelip
Bunlar eniştemin ayakları
Bunlarda cadı karının ayakları
Nerde benim ablamın ayakları diye ağladı
Cadı karı şüpelendi, biliyorduki
Küşük geyik bakıyor ve dinliyordu
Belki Padişaha her şeyi söyleyebilirdi
Cadı karı yatağın içine saklanıp
Battaniyenin altında inleyerek
Çok hastayım diye seslendi
Hekim bana dediki
Benim bir hastalığım var
Sadece bir ilacı varmiş
O da bir genç geyiğin kalbi
Benim geyigimi keselim
Eğer onun kalbini yersem
O zaman iyileşirmişim
Padişah şaşırıp kalmıştı
Bu şartlar altında
Evet dedi, gerekeni yaparız
Geyiğin kurban edilme zamanı gelmişti
Ayni zamanda, Padişahın balıkçıları
Bir dev balığı yakaladılar
Ve kayığa çektiler
Karnını kesip açtılar
Balığın içinde bir kadın oturuyordu
Kadının kucağındada bir çocuk vardı
Balıkçılar sordular
Sen kimsin?
Kız ben padişahın karısıyım dedi

Watching them from the side of the river
Was an evil old woman
Slowly she approached them
Asked who are you, my little girl
I am the wife of the king I am expecting his child
And this is my pet deer
Old woman said
I will help you dry your clothes
The woman reached down and
Pushed the girl into the river
The girl fell into the raging current
Where she was swept out to sea
Out in the water was a giant fish
In a second it had swallowed her
The old woman dressed in the girl's clothes
And went to the castle
The young deer had seen everything and
Followed the old woman home
Later that evening in bed
The little deer looked at the feet of the king
And said these are my brother-in-law's feet
These are the evil old woman's feet
Where are my sister's feet?
The evil old woman knew
The deer was watching and
Might tell the king what had happened
The evil old woman covered herself
Under the blankets saying
I am so sick, I am so sick
The doctors told me
I have an illness
That can only be cured
By the heart of a young deer
We must kill my pet deer
So I can eat the heart
That will help me get well
The King was surprised
Under those conditions
He said Yes, I will do so
It was time for the young deer to be sacrificed
In the meantime, the King's fishermen
Came upon a giant fish and
Pulled it into the boat
When they cut it open
There was a woman inside the fish
Holding a little baby in her arms
The fishermen asked
Who are you
She said I am the wife of the King

Zeki Findikoglu 05

Balıkçılar kadını saraya götürdüler
Kücük geyik kurban edilmek üzere iken
Karısı Padişaha her şeyi anlattı
Cadı karı yaptığından pişman değildi
Padişah kızgındı ve cadı karıya sordu
Ne gibi bir ceza istersin
Kırk satırmı ?
Kırk katırmı ?
Cadı kadın kırk katır isterim dedi
Padişah peki dedi
Sabah olunca bağladılar cadı kadını
Kırk katırın kuyruklarına
Sürdüler katırları herbir yana toz, duman
Ortalık sakinleşince
Cadı kadından hiç birşey kalmamıştı
Padişah, karısı ve geyik ondan sonra
Sonsuza kadar mutlulukla yaşadılar

They took her back to the castle
Before the deer had been sacrificed
The wife told the story to the king
The evil woman was not sorry
The king was angry and asked her
What punishment would you like?
Do you want the forty knives?
Or the forty horses?
She asked for the forty horses
The king said alright
In the morning they tied her
To the tails of forty horses
And let the horses run in every direction
After the dust settled
There was no trace of her
The king, the wife, the young boy
And the deer lived happily ever after

Zeki Findikoglu 05

ZEKI FINDIKOGLU

Zeki Findikoglu was born in Iznik, Turkey in 1946. The rich variety of cultural and artistic traditions in Turkey captured his interest at an early age. Zeki's goal is to build a bridge between Turkey's past and present traditions. Zeki graduated from the Fine Arts Academy of Istanbul and earned an MFA in painting. He moved to the United States in 1973, and continued his art studies at the Corcoran School of Art at George Washington University, where he earned an MFA in design in 1975. Zeki is a professor and chairman of the Art Department at Montgomery College in Germantown, Maryland. He continues to work in his studio in the Printmakers' Gallery at the Torpedo Factory Art Center in Alexandria, Virginia, as well as at his studio in his native Iznik, Turkey, where he spends time almost every summer. In keeping with his continued interest in discovering and promoting Turkish culture, he has published illustrated volumes of Turkish folk tales and Turkish poems. A professional artist since 1970, Zeki has gained international acclaim. His work has been exhibited widely in the US as well as in Turkey, Europe, and Asia. Zeki's highly stylized and finely detailed hand-colored engravings and serigraphs combine a contemporary artistic vocabulary with traditional Turkish culture to create art that bridges the gap between traditional and contemporary art. His series of landscapes, still life's, flowers and birds incorporate designs from rugs, fabrics and other traditional Turkish arts.

Survival of the Spirit from Candlelight to the Digital World
Professor Zeki Findikoglu, Turkish American artist and scholar, from a small village in Turkey (Bursa / Iznik / Boyalica) and now living in Washington, DC. Many of his artwork is based on Turkish folktales from his native country. As one of the last tellers of traditional Turkish folktales, he has collected and recorded more than 500 folk songs and stories over the past 50 years from his grandmother, mother, traveling minstrels (ozan or asik) and shadow puppet (karagoz) performers. Turkish, one of the world's oldest languages, spoken from central Asia to Europe, has used three different alphabets over the centuries. Turkish is now written in the Roman alphabet and continues to carry the tradition of storytelling as in the previous generations over thousands of years. Time and technology have brought many changes to the life and culture of the Turks. Zeki Findikoglu retells the original stories now as visual expression. Ever since he started listening to the stories in his village, his goal has been to help preserve the tradition and pass it on to future generations. He is now using digital technology as the tool for the new millennium.

ZEKI FINDIKOGLU

Uluslar arası üne sahip İznikli ressam Profesör Dr. Zeki Fındıkoğlu 1946 senesinde İznigin Boyalıca Kasabasında doğdu. Çocukluğunu Türkiyenin çeşitli yerlerinde geçiren sanatcı 1965 senesinde Devlet Güzel Sanatlar Akademisine (Mimar Sinan Üniversitesi) kabul edidi, Türkiyenin en tanınmış ressam ve hocalarından olan Bedri Rahmi Eyüpoğlu, Neşet Günal ve Adnan Çoker atölyelerinde egitimini tamamladıktan sonra 1973 seneside The George Washington University sine daved edilen sanatcı Amarika Birleşik Devletlerine doctora yapmak için gitti. 1975 te egitimini tamamladıktan sonar University of District of Colombia'ya Profesör olarak giren Zeki Fındıkoğlu ABD dört degişik üniversitede profesör ve Güzel Sanatlar Bölüm Başkanı olarak görev yaptı. 1990 dan bu yana Marylan Ayaleti Üniversite sisteminin bir parçasi olan Mongomery College de Güzel Sanatlar, Computer Graphics, Tiyatro ve Müzik bölümlerinin başkanlığını yapmaktadır. Aziz Nesin ve Talan Sait Halman'la beraber kitaplar resimleyen sanatcı çalışmalarına ABD de ve Türkiyede devam etmektedir. Eserleri İstanbul Modern , Vehbi Koç ve Sabancı Müzeleri koleksiyonlarında olan Fındıkoğlu Uluslar arası ortamda yüzün üzerinde kişişel sergiler açmış ve ödüller kazanmıştır. Türk Kültür Vakfı tarafından en başarılı Türk Ressamları listesine alınan sanatcı Türk Kültürünü ve Sanatını yaptıgı resimler ve yazdığı kitaplarla dünya çapında tanıtmaya devam etmektedir.

1965 den bu yana çeşitli tekniklerde resim yapan sanatci eserlerinde kurşun kalemden bilgisayara kadar her türlü alet ve malzemeyi denemiş ve kullanmıştır.

Yaglı boya ile yapılan resimler: Bezir yagı bazlı ve kısa zamanda kuruyan Alkayd boyalar ve karton üzerine yapıştırılmış tuvallerden oluşmaktadır, bu eserlerin konuları sanatcının kişisel hayata bakışı ve incelemelerini içermektedir.

Serigrafi teknigi ile yapılmış özgün baskılar: Petrol ürünü bazlı genelde ticari alanda kullanılan boyalarla yapılmış ve uzun ömürlü renleri degişmeyen kagıtlara basılarak belli bir sayıda üretilmiş özgün baskılardan oluşmaktadır. Bu eserlerin çogunlugunun temaları Türk halk hikayelerini ve şiirlerini içermektedir.

Gravür teknigi ile yapılmış özgün baskılar:
Bu gruptaki eserler sanat dünyasının en eski baskı teknigi olan 'Drypoint' metodu ile yapılmıştır. Metal üzerine igne ile kazılarak ortaya çıkarılan çizgilerden oluşan şekillerin, gravür baskı makinasında pamuktan yapılmış kagıtlara siyah boya kullanılarak geçirilmesi ile oluşan, belli bir sayıda üretilmiş özgün baskılardır. Bu eserler sanatcı tarafından sonradan sulu boya ile boyanmış olup 24 ayar altınla işlenmiştir, bundan dolayı baskılar birbirinden farklıdır, tek benzer tarafları siyah çizgileridir ve az sayıda üretilmiştir, Eserlerin konuları Türk mimarisini, kusları, meyvaları ve cicekleri içermektedir.

Bilgisayar kullanılarak yapılan eserler:
Bu teknigin sanata uygulanmasında ilk denemeleri yapan kişilerden biri olan sanatcı 1975 senesinden bu yana degişik programlar kullanarak en son makinalarla bilgisayarda yaratıgı resimleri belli bir sayıda özgün baskı olarak çoğaltmaktadır. Bu eserler sanatcının ilgilendigi birçok konuları içermektedir.

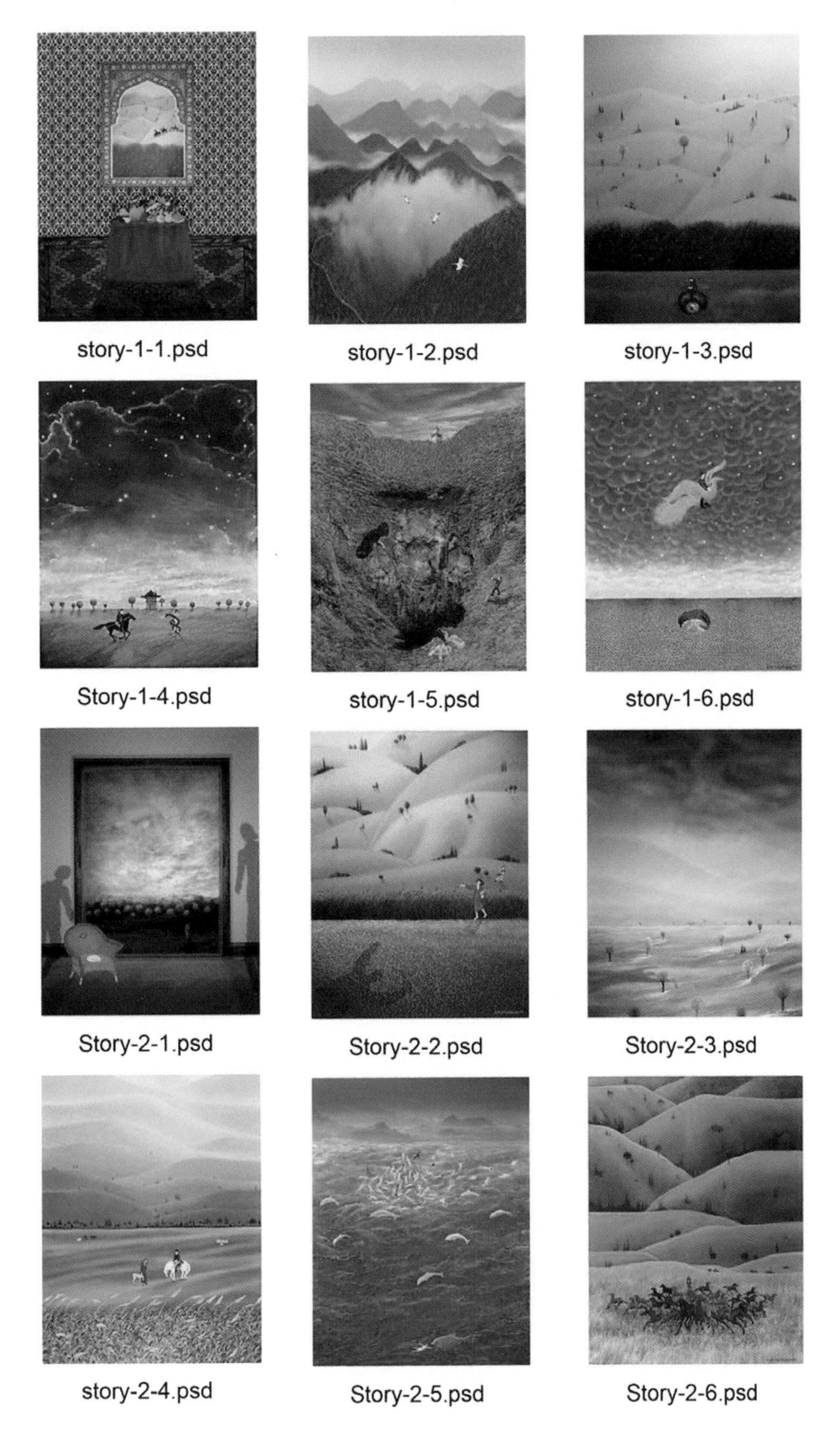

story-1-1.psd story-1-2.psd story-1-3.psd

Story-1-4.psd story-1-5.psd story-1-6.psd

Story-2-1.psd Story-2-2.psd Story-2-3.psd

story-2-4.psd Story-2-5.psd Story-2-6.psd

CPSIA information can be obtained
at www.ICGtesting.com
Printed in the USA
LVIC06n1917120814
398774LV00004B/41